JN065414

恋慕情愛恋

れんぼじょうあいれん

ループする淡い恋の物語

美玲亜紀
MIREI Aki

文芸社

目次

第一章　恋慕

一

ゴールデンウィークが明けた五月第二週の金曜日。その夕方、椙山安道（すぎやまやすみち）は出張のため、新横浜から新幹線のぞみに乗車して新神戸に向かった。

椙山は日本の伝統工芸・民芸品をモチーフにしたインテリアを展開する、(株)アモリールの情報システム部門に所属する二十九歳のシステムエンジニアで、出張の目的は新神戸から先の西神（せいしん）中央にあるデータセンターで深夜のシステム更新を行うためであった。

のぞみがダイヤどおりに新神戸に着くと、椙山は神戸市営地下鉄に乗り継ぐため歩みを進めた。地下へ下りる長いエスカレーターは深夜作業の不安を増幅させた。構内の通路をキャリーバッグを引きながら歩き、神戸市営地下鉄の新神戸に入ってから、椙山は腕時計に目をやり時刻を確認すると、やって来た電車に乗った。

新神戸の次の停車駅である三宮（さんのみや）では、金曜日の夜ということもあり、多くの客が乗車してきた。その中には楽器を持った女性三人組もいて、椙山は「同年代かな。職場とかの音楽サークル仲間かな」とつぶやき、三人の楽し気な笑顔に目を細めた。

名谷（みょうだに）駅で女性三人組のうち二人が降りると、車内に残った一人は椙山のいる位置から斜め向かいのシート端に座った。椙山は電車が停車する度に彼女を見たが、彼女は降りることなく、椙山と同じく西神中央駅で降りた。

椙山は改札を出ると周辺地図のボード前に立った。事前にデータセンターまでの経路は確認していたが、細かに表現された地図を見て安心することができた。

駅舎を出てデータセンターに向かって歩き始めると、車が通る音と近くの公園からスケボーの音がときおり聞こえる程度で、ニュータウンの夜の静けさに椙山はシステム更新の緊張が増すのを覚えた。公園を過ぎ信号のある交差点を渡ってからコンビニに立ち寄り、深夜作業に備えて、おにぎりとウーロン茶を購入した。

そのコンビニを出るとき、西神中央まで乗車していた彼女が店内にいることに気付き、椙山はちらと視線を向けた。

データセンターの入館手続きを二十一時三十分に行い事務室に入ると、保守担当者とシステム更新の作業スケジュールの確認が行われた。

作業スケジュール（概要）は次のとおり。

22：00～23：30　ハードウェアの交換
23：30～24：30　ネットワークの切り換え
24：30～25：00　休憩
25：00～27：00　構成定義の設定
27：00～29：00　システムテスト

二十二時になり作業に取り掛かった椙山だったが、慣れない現場と時間の制約がある中では予行演習のようにスムーズにはいかず、焦りが生じた。椙山の焦りに気付いた保守担当者がサポートしてくれたおかげで、椙山は徐々に落ち着きを取り戻し、かろうじてスケジュールの時間内で自身の作業を終えることができた。二十七時からのシステムテストはいくつか軽微な問題が発生したものの、最終的にはすべてのチェック項目をクリアして、システム更新は無事に完了した。

椙山は朝六時にデータセンターを退館すると、西神中央駅に隣接するビジネスホテルにチェックインした。データセンターとこちらのビジネスホテルは提携していて、深夜作業を行う関係者のためにいろいろと便宜を図ってくれる。椙山はシャワーを浴び一眠りしたのち、昼過ぎに帰途についた。

新神戸の構内を歩く気分は昨夜と違い、地上へ上がる長いエスカレーターは前向きな気持ちにさせてくれた。椙山は新神戸の新幹線改札の前にある売店に立ち寄り、お土産を購入してのぞみに乗車した。座席に座りリクライニングシートを倒すと、手足を伸ばして車窓に流れる景色を眺めた。

のぞみが新横浜に近づくにつれて、張り詰めていた気持ちが緩んでくるのが分かった。そして新横浜で降りると、椙山の脳裏に西神中央の彼女がふと思い浮かんだ。

出張明けの月曜日、椙山が横浜にあるオフィスに出勤すると、職場の皆が各々話し掛けてきた。不安そうに尋ねる後輩、ミスをして周りに迷惑をかけたのではと弄る先輩や同期の面々。表現はそれぞれ違っていたが、椙山の出張の結果が気になるらしい。椙山はお土産のクッキーを開封して各々の好きな種類を聞きながら配り、出張がうまくいったことをアピールした。先輩や同期の中には当てが外れたというような表情もあったが、一様に喜んでくれているようだった。

九時のチャイムが鳴り始業時間になると、椙山は出張報告書の作成を開始した。十四時に部長へ報告することになっている。当日の緊張感や焦って作業をしたことを思い出しながら、テンプレートに沿って記入していき、最後のフリーコメント欄には今後に向けた前向きな姿勢を記した。出張報告書を仕上げたところで、午前の勤務時間が終わり昼休憩になった。部長の森山千華子（もりやまちかこ）は椙山より十歳年上の女性で、仕事には厳しいが優しく華やかで、椙山は密かに憧れていた。

アポイントを取った十四時になり、椙山がフロアの奥にある部長席に向かうと、部長の森山は在席していたが電話応対中であった。森山の電話応対が終わると、椙山は「森山部長、出張報告の件よろしいでしょうか」と言ってから出張報告書を提出した。

森山は出張報告書を一読し、椙山の報告を聞きながら、ときに鋭い質問を投げかけ、椙山は冷や汗をかく場面もあった。椙山が報告を終えると森山は「椙山君、ご苦労様、今後も期待しているわよ」という言葉を掛けた。

森山のこの言葉が励みになったのか、出張明けの一週間はあっという間に過ぎて、土日が休みの椙山にとって毎週の楽しみである金曜日の夜を迎えた。

椙山は小田急線の本厚木駅で降り住宅街を歩き、視線の先に「小料理・割烹風月」の看板が白く灯っているのが見えた。

椙山は暖簾をくぐると、先客が気分良く飲んでいるのを横目に、カウンター端のお気に入りの位置に座った。すぐにママが瓶ビールをグラスに注いでくれて、一杯目を飲み干したところで料理を注文した。ほどなくして料理が運ばれると、店内が客の談笑で賑わう中、椙山は一人静かにビールと料理を味わった。

ママの店内の切り盛りが一段落すると、椙山は「ママ、神戸に行ってきたよ」とお土産のプリンを手渡した。ママは前回来たときにした神戸出張の話を覚えてくれていたようで、椙山の話に耳を傾けてくれ、「安道くん、お疲れだったね、ゆっくりしていってね」ともう一杯ビールを注ぎながらささやいた。

ママの根山小夜子は十歳年上で、愛嬌のある女性のときおり見せる憂いの表情に、椙山は魅せられていた。

六月に入ったある日、椙山は森山から連絡事項がある旨のメールを受け取り、メールで指示された会議室に向かった。会議室にはすでに森山がおり、椙山はばつが悪い表情を見せたが、森山は気にすることなく椙山に着席を促した。椙山が着席し日々の業務報告や世間話をした後、森山は本題を切り出した。森山から伝えられたのは「椙山をシステム対応の責任者に登用する」ということであった。椙山には思いもよらないことであったが、椙山のこれまでの実績は評価され、そして五月のシステム更新の対応も認められてのものであった。責任者としてやっていけるか自信はなかったが、森山から心強いアドバイスを受け、椙山は前向きに取り組むことにした。のちに聞いた話であるが、この責任者への登用は森山の意向が大きかったようである。

責任者となった椙山は精力的に各地の販売拠点や生産工場に足を運び、営業・

販売管理システムや製造・物流管理システムの問題点、改善点を洗い出し、次世代システムの開発に着手した。一方で、神戸のデータセンターへは隔週で定期的に訪れ、機器のメンテナンスやメンバーの心身のケアに努め、現行システムの安定稼働に注力した。

椙山は出張の機会が増えることで部長の森山と接する時間が多くなると、当初は憧れの女性だったが、彼女の優しさに触れていくうちにいつしか好意を抱くようになっていた。そして森山も日々成長していく椙山を頼もしく感じ、上司部下の関係ではなく一人の男性として意識するようになっていた。

また、〈風月〉でも今までは控え目に飲みながらママの雰囲気に魅せられているだけであったが、出張先での出来事を話しているうちに、椙山は自然とママとの距離が縮まっているのを感じていた。ママの根山は一様に接客するように心掛けているつもりでいたが、いつしか朗らかで優しい椙山の来店を待ちわびるようになっていた。

二

システム対応の責任者になって三カ月が経過すると、椙山には余裕が出てきて、日々の業務はスムーズに進行していった。

九月第二週の金曜日、この日もまた神戸のデータセンターへの出張であるが、定期的な訪問ではなく臨時のシステム更新を行うためであった。いつものようにのぞみを新神戸で降りると、西神中央行きの神戸市営地下鉄に乗車した。

電車が三宮に到着すると楽器を持った女性が乗車してきた。椙山は五月に見かけた彼女だとすぐに分かった。彼女は五月と同様に、椙山のいる位置から斜め向かいのシート端に座った。西神中央駅に到着するまでの間、椙山は彼女と何度か目が合ったような気がした。

データセンターに着いてシステム更新の作業時間になった。なぜか椙山は彼女のことが頭から離れないまま自身の作業を終え、あとはシステムテストが完了するのを待つばかりであった。ところが、システムテストが開始されると、エラーを示すメッセージがディスプレイに表示され、システムが停止する重大トラブルが発生した。関係部門の担当者が集まり、システム停止した経緯の調査とエラー原因を解明する調査が始まり現場が混乱する中、椙山は一抹の不安を覚えた。

（彼女のことに気を取られ作業を誤ったのでは……）

調査の結果、椙山の不安は的中し、エラーの原因は椙山が実施した箇所の誤りであった。修正してシステムが正常に動き始めると、システムテストは再開され、すべてのチェック項目がクリアとなり、システム更新は完了した。予め設けられていた予備時間枠の中でシステム更新は完了したため、幸いなことに、月曜日からの稼働に影響は生じなかった。

部長の森山にはトラブルの発生直後とその収束時に一報は伝えられていたが、出張から戻った椙山から改めて報告を受けた森山は、事態を重く見て再発防止策の策定を椙山に指示した。

　再発防止策を考えるうえで、トラブル発生の原因を突き詰める必要があるが、西神中央の彼女に気をとられていたことが発生原因と位置付けるわけにはいかず、椙山は頭を悩ました。一方で、システム更新の作業にはコマンド入力や定義ファイル編集など作業ミスを引き起こしやすい状況ではあったので、作業の全体または一部を自動化することを検討した。自動化を実現させるための設計、実効性の検証など行い、一カ月を経たのち、再発防止策は森山によって承認された。

　再発防止策の策定が一区切りつくと、森山は疲れた表情で帰り支度をしている椙山を思いやり、「椙山君、今晩食事にでも行きましょうか」と声を掛けた。部門の懇親会などで二人が同席することはこれまでもあったが、二人きりで食事に行くのは初めてである。

　オフィスからは少し距離があるランドマークタワーに移動して、上層階にある和食創作料理の店に入った。ビールで乾杯すると、料理が出てくるまでの間は今回の件が話の中心になり、椙山は二人きりの気やすさから、西神中央の彼女がトラブル発生の引き金になったかもしれないと、森山に明かした。森山は少し苦い表情をしたが、すぐにいつも通りになり、料理が運ばれてくると二人の会話は堅苦しい仕事のことからプライベートなものに移り、お互いの酒の好みや飲み方にも話題が広がった。

食事が終わり店を出ると、ほろ酔いになった二人はランドマークタワーの展望フロアで酔いを覚ますことにした。

展望フロアの端にあるソファに腰を下ろすと、周囲のムードにのみ込まれ、椙山は「千華子さん、夜景が綺麗ですね」と話し掛け、慌てて言い直そうとしたが、森山がそのまま「ええ」と笑顔で返してくれ、その様子に勇気づけられ、椙山は今まで抱いていた想いを告げた。

千華子が目を伏せて頷くと、眩いばかりの光が二人を包んだ。

十一月に入り椙山は二カ月ぶりに〈風月〉の暖簾をくぐると、カウンター端のお気に入りの位置に座った。「心配していたのよ」とママが声を掛けると、椙山は、出張でのトラブルとその後の対応で大変だったこと、ついでに西神中央の彼女のこともさらりと語った。

先客が帰り、店内が椙山とママだけになると、ママは片付けの手を止め、「安道くんと一緒に飲もうかな」とささやいた。

そして日本酒を持ってきて、椙山に並ぶようにしてカウンターに座った。日本酒を口にしてほのかに紅くなったママに、椙山は思わず、「小夜子さん、艶っぽいですね」とぽつりと言った。小夜子が小悪魔な表情で微笑むと、二人きりの〈風月〉に甘美なときが流れた。

今年も残り一カ月となった十一月最後の金曜日、年内最後の定期的なシステム更新のため、椙山は神戸のデータセンターで作業を行っていた。システム更新の再発防止策を取り入れた作業は問題なく無事に終えることができた。

その日の夜、帰宅した千華子はシャワーを浴びた後、いつものようにスキンケアを済ませると、日課にしている仕事の振り返りを行った。オフィスはいつもより閑散としていたようだったが、トラブルもなく業務は順調に進んでいた。

それを終えてテレビをつけ神戸の夜景が映ると、椙山が不在だったことに気付いた。

「データセンターでシステム更新を行う日だったわね……」

千華子の心がざわついた。

椙山は千華子が課長のときに配属されてきた。七年経ち千華子は課長から部長に役職が変わった今でも、良好な関係が続いているのである。

千華子はテレビに映る神戸の夜景を見ながら、椙山と食事に行った日のことを思い出した。椙山は〈風月〉のママのことを職場では見せないような笑顔で語っていた。千華子は話を聞きながらママとの関係性を妬んでいた。

「十二月の忘年会の帰り、椙山君を誘って〈風月〉に寄ってみようかしら」

そうつぶやき、ベッドに横になった。


翌土曜日の夜、厚木の天気はあいにくの雨模様で、〈風月〉にいつもの賑わいはなく早めに店を閉めた。小夜子はカウンター席を拭いていると、いつもと違うものを感じた。一週間を振り返り、金曜日に椙山の来店がなかったことに気付いた。

「今週末は神戸への出張と言っていたわ」

小夜子の心が波立った。

椙山とは〈風月〉を開店したときからの縁で、椙山は開店祝いのスタンド花が並んでいるのを見て来店してくれたと話してくれたことがある。今年で〈風月〉

は三周年を迎えた。

小夜子は帰宅して入浴を済ますと一息入れた。テレビの天気予報の時間になり、全国各地の予報を伝えていく中、神戸の予報になると、椙山が〈風月〉で出張でのトラブルを話した日のことを思い出した。椙山は職場の女性部長のことを、店内では見せないような真面目な表情で語っていた。小夜子は話を聞きながら部長の存在を嫉んだ。

「十二月の忘年会シーズン、安道くんに部長と一緒に〈風月〉に来てもらうかしら」

小夜子は布団に入ってつぶやいた。


週明け、出張報告を終えた椙山がオフィスにあるリフレッシュコーナーで一息ついていると、森山が後から入ってきた。森山は椙山の出張を労うと世間話をして、その流れで先日考えたことを何気ないふりで話した。

「椙山君、この前、話を聞かせてくれた〈風月〉に行ってみたいのだけど、今度の忘年会の帰りに一緒に行きましょうか？」

「いいですね、ぜひ行きましょう」

リフレッシュコーナーが混んできたので、〈風月〉の話題はそこで終わったが、千華子はこれでママと椙山の関係性が分かると思い、どこか楽しみに思いながらオフィスの自席に戻った。


椙山が〈風月〉のカウンター端のいつもの席で飲んでいた。小夜子は接客しながらも椙山に声を掛けるタイミングを計っていた。そのため椙山の横で飲んでいた客が帰るとすぐに話し掛けた。

「安道くん、話によく出る部長さん、お酒が好きだったよね。忘年会とかの帰り、よかったらお誘いしてみてね」

「そのアイデアいいですね、三人で飲んだら楽しそう」

小夜子は女性部長の容姿を想像して椙山との会話を終えた。

そして忘年会の帰り、椙山と千華子は予定どおり〈風月〉に飲みに行くことにした。千華子は自宅の最寄りの伊勢原駅より手前の本厚木駅で椙山と一緒に降り二人で住宅街を歩くと、千華子にも「小料理・割烹　風月」の看板が白く灯っているのが見えた。

小夜子はカウンター端の二人分のスペースに「ご予約席」プレートを置いて、二人が着くのを待っていた。椙山が先に暖簾をくぐり後から千華子が店内に入ると、小夜子が出迎え、千華子と小夜子は互いの視線がぶつかったような気がした。

「安道くん、いらっしゃい、いつもの席にどうぞ」

「ママ、ありがとう」

「いらっしゃいませ」

「こんばんは」

「森山部長、こちらへどうぞ」

「椙山君、ありがとう」

「本日はご来店ありがとうございます。安道くんからご予約を承っていました」

「椙山君からお店のことを紹介され、今日こちらに来るのを楽しみにしていました」

　千華子と小夜子の挨拶が済み焼酎で乾杯してからは、椙山と千華子は忘年会の二次会のようになり、料理を運んできた小夜子が二人の会話に合いの手を入れた。

「お仕事はお忙しそうですね」

「ええ、はい、おかげさまでして」

「安道くんから出張とか大変だと聞いています」

「椙山君は頑張ってくれています。椙山君はこちらが気に入っている様子で、素敵なお店だとよく話を伺っています」

「ご来店されるお客様に感謝ですね、安道くんにも感謝です」

椙山は二人が自分のことを話しているのを照れながら聞いていたが、いい気分で酔ってきたのを機に自分からも話し掛けた。

「千華子さん、焼酎の次は何を飲みますか。日本酒やウィスキーとかもありますよ」

「日本酒でも飲もうかしら」

「小夜子さん、おすすめの日本酒あるかな」

「今、用意するね」

千華子と小夜子、二人の心中は穏やかではなかった。

小夜子が店内の切り盛りに戻り、千華子としばらく飲んだところで時間となった。

「ママさん、ご馳走様でした。また来させてもらいます」

「森山さん、本日はありがとうございました。またのご来店お待ちしております」

「小夜子さん、ありがとう、また来るね」

「千華子さん、それでは行きましょうか」

椙山と千華子が一緒に〈風月〉を出るのを、小夜子は複雑な表情で見送った。

三

千華子は椙山と〈風月〉に寄った翌日、横浜に向かっていた。行きつけの飲食店の忘年会に参加するためである。通勤で利用する時間帯は混雑しているが、土曜日の午後ということもあり車内は空いていて、千華子は座ることができた。

千華子は車内をぼんやりと見ながら、自身の将来、職場の今後などを考え、

（パートナーと一緒にいる人生を望んでいるのか、やりたいことを目指すべきか、体力の衰えを感じることが増えてきたが大丈夫か……）

そんな迷いや不安が出てきた。

職場のことに目を向けると、年明けから変化が起きることが想定されている。

考え事をしているうち、いつの間にか、うとうと眠っていた千華子は、横浜に着くアナウンスで目が覚めた。電車から降り千華子が駅の改札を出て歩き始めると、平日に仕事モードのときと違った、賑やかで明るい空気を感じ、先ほどまでの後ろ向きの考えは薄れ、忘年会が楽しみになってきた。

五分ほど歩き忘年会の会場である〈ウエストリバー〉に着くと、店の入り口に通常の営業中では見かけないテーブルが用意されていて、先客が並んで受付を行っているようである。忘年会は店の常連客が集まってパーティー形式で行われると聞いていた。

〈ウエストリバー〉は開放的なカジュアルダイニングバーで、馴染みの客同士の仲が良いアットホームな雰囲気があり、千華子が気に入っている店の一つである。受付のテーブルに進んでいくと、舞子（まいこ）が対応していることに千華子は気が付いた。舞子は〈ウエストリバー〉の店員で、親しみのある女性である。

「千華子さん、いらっしゃいませ。ご参加ありがとうございます」

「舞子ちゃん、こんにちは。舞子ちゃんは参加できるの？」

「受付が終わったら、皆さんと一緒に参加できます」

「良かった、楽しみにしているね」

「お好きな席に座っていただいてかまいませんので、開始時間までお待ちくださ い」

「ありがとう、それではまた後でね」

千華子は受付を済ますと、フロアの隅にある席を選んで椅子に座った。店内全体が見えると参加者の顔ぶれが分かり、忘年会をより楽しめると思ったからである。思ったとおり店内に馴染みの客がいることに気付き、千華子は挨拶を交わした。

しばらくすると、千華子は店内に入ってくる彩子（あやこ）を見かけた。彩子は千華子が通っているヨガ教室のインストラクターで、陽気な性格から自然と飲み仲間になっていった。千華子が彩子に視線を向けて手招きすると、彩子も千華子に気付いた。

「彩子ちゃん、こんにちは。よかったら一緒の席はどうですか」

「千華子さん、こんにちは。いいですか、それでは同席させてもらいます」

「一年間ありがとうございました。ヨガのおかげで心身のリフレッシュができて、健康に過ごせました」

「こちらこそ、ありがとうございました。来年もまた、よろしくお願いします」

忘年会の開始まで二人の会話は弾み、気が付くと店内の席は埋まり、三十人ほどの参加者が集まった様子だった。

十八時になると〈ウエストリバー〉のオーナーから「一年間の感謝と来年も変わらずのご愛顧を」の挨拶があった後、乾杯の音頭が取られ忘年会が始まった。しばらくの歓談のあと、壁に掛けられたスクリーンにスライドが映され、〈ウエストリバー〉で今年開催されたゴルフコンペやバーベキューやボウリング大会などの様子が流れ、店内は一年の思い出話に花が咲いた。スライドが始まった頃には、千華子と彩子の座る席に舞子も合流できて、一年の感謝を込めて三人で改めて乾杯した。

スライドを見ていると、イベントには三人とも参加したことがないことが分かり、それならということで、三人の年越しイベントをしようとなり、初詣の話題になった。初詣に行くことが決まり、「よかったら、恋人や友人もつれて来てもいいよ」と三人の了解ができたところで、ビンゴ大会が始まった。ビンゴ大会で店内は一層盛り上がり、忘年会はあっという間に終了の時間となった。

忘年会がお開きとなり三人は揃って横浜駅まで来ると、初詣に行くことを再度確認して解散することにした。千華子はほろ酔いで電車に乗りながら、初詣のことを思うと、忘年会に来るときに思っていた迷いや不安が再び頭に浮かび、恋人といえる異性がいないことに一抹の寂しさを覚えた。

「椙山君に声を掛けてみようかしら」

部長の立場として部員の年末年始の予定は把握していて、椙山は年末年始の予定は特になかったはずである。

「椙山君なら応じてくれるかな。月曜日の休憩時間にでも声を掛けてみようかな。それとも予定が入るといけないから明日の日曜日に連絡したほうがいいかな」

千華子はつぶやいていた。

緊急連絡や業務報告のために部員との連絡手段は確保しているものの、あくまで仕事上の利用が前提であり、プライベートなことでは千華子は利用していなかった。

家に着くまでの間、椙山に声を掛けようか葛藤していると、千華子は昨日、椙山を見送った小夜子の千華子を牽制していたような視線を思い出した。

椙山と千華子が来店した一昨日の金曜日と昨日の土曜日が忘年会のピークだったようで、〈風月〉は連日盛況だった。日曜日の朝、小夜子は多少の疲れを感じながらも、忘年会のピークをこなした充実感で一息ついていた。

テレビを見ていると、情報番組で年末年始のイベントを紹介していて、見ながら小夜子は店の年越し会を計画しないといけないことを思い出した。自身の将来、お店の今後など悩みは尽きないが、お客様への三年間の感謝を年越し会の形で伝えられたらとの考えがある。

午後になって小夜子はお気に入りのカフェに向かった。カフェは街中にあるが落ち着いた雰囲気の店で、静かにくつろぐのが小夜子の楽しみであった。

小夜子がカフェの手前にある交差点まで来ると、蘭(らん)が信号待ちしていることに気付いた。蘭は〈風月〉の開店のときにスタンド花を用意してくれた生花店が開催しているフラワーアレンジメント教室で知り合った社交的な女性である。

「蘭ちゃん、こんにちは。今日は天気がよくて気分いいね」

「こんにちは、小夜ちゃん。週末の〈風月〉は忙しかったかな」

信号が青になると二人は横断歩道を渡りカフェに入った。カフェに入るともう一人約束していた玲子(れいこ)が先に着いていて、手を振って日当たりの良い窓際の席に二人を招いた。玲子は生花店でアルバイトをしている学生で、〈風月〉に飾る切り花を用意してくれる明るい女性である。

「小夜子さん、こんにちは。お誘いありがとうございます」

「蘭さん、こんにちは。今日は楽しみにしていました」

三人でお茶をしながら、小夜子は頃合いを見て蘭に相談を持ち掛けた。

「大晦日に〈風月〉を開けて三年間の感謝を込めて年越し会をしようと思っているの」

「小夜ちゃん、年越し会というのは良いアイデアだね。参加したいな」

「私も友達を誘って参加してみたいです」

二人が、良いアイデアだと乗ってきてくれた。そこで小夜子は〈風月〉の店内に年越し会の案内を掲示して、お客様に知らせることにした。そして相談事が一段落すると、女子トークに一花咲いて、夕方になると三人はカフェを出た。

小夜子は帰宅すると〈風月〉の年越し会のことを考えた。年末年始の予定が決まっている人が多いだろうから来てくれる人は限られそうなので、少人数で楽しめればいいなと酒や料理を工夫することにした。一方で蘭や玲子の他に来てくれそうなお客様を思い浮かべると、そのうちの一人、椙山の顔が浮かんだ。来てくれたらいいなと思いつつも、一昨日、椙山に寄り添うように帰っていった千華子の後ろ姿が、まるで小夜子の視線を遮るようであったことを思い出していた。

日曜日の夜、用事を済ました椙山が携帯を確認するとメッセージが入っていた。千華子と小夜子からだった。

今まで森山とは出張時の業務報告のため携帯で通話やメッセージをすることはあるが、基本的には椙山からの発信であった。今日のように森山から先にメッセージがあり、しかも休日であることが椙山は意外だった。

小夜子も千華子と同様に、椙山から〈風月〉の混み具合いを小夜子に確認するくらいで、椙山は小夜子からのメッセージにも意外性を感じた。

椙山は二人からほぼ同時刻にメッセージがあったことに驚き、金曜日に千華子と〈風月〉に寄ったときのことを思い出そうとした。千華子とも小夜子とも話ができて楽しかったが、調子に乗って何かやらかして、二人に迷惑をかけたか怒らすことがあったか思い返したが、とくに思い当たる節は浮かばなかった。

おそるおそる先に着信があった千華子のメッセージを開くと、思いがけず、年越しイベントとして初詣に行かないかとの誘いであった。メンバーとしては〈ウエストリバー〉で椙山も一緒になったことがある、彩子と舞子であることも記されていた。

千華子からの内容に安心した後、次の小夜子からの着信も気になりメッセージを開いた。小夜子からは〈風月〉で年越し会を催すことになったので、都合がよかったら参加してほしいとの案内であった。

金曜日に何かしたわけではなく安心した椙山だったが、次の瞬間、二人への返答に困ってしまった。どちらも大晦日の年越し予定のことである。しかも千華子返信した。

と小夜子――。椙山は二人とも好意を持っている。椙山は、数日中に予定を確認して参加可否を連絡する旨を、それぞれ言葉遣いを間違わないように気を付けて返信した。

月曜日、森山が出勤すると他部門の部長から年末年始の業務対応のため、森山の部署の中から一名応援を頼めないかと相談を受けた。森山は、ほとんどの部員が帰省や旅行を予定していることを把握していて、可能性があるのは椙山ぐらいだと伝え確認ができたら報告することにした。森山は午前中の業務の合間を見つけて椙山の席に向かうと椙山に声を掛けた。

「椙山君、おはよう」

「森山部長、おはようございます」

初詣の件を周りの人に気付かれないよう、森山は話を始めた。

「年末年始の業務対応で応援を頼まれているのだけど、椙山君、引き受けてもらうことができるかしら」

「はい、大丈夫です。どのような案件でしょうか」

「案件の詳細や実施日時は分かり次第連絡します。急な依頼になってしまったけど、お願いしますね」

「はい、承知しました」

森山は自席に戻ると、椙山が応援可能であることを報告した。

昼休みに入り、椙山は年越しイベントに参加できないことを残念に思ったが、二人のうちどちらかを選ぶことを回避できたことで気が楽になったというのが本音だった。椙山は昼休みのうちに、業務対応が入ったため残念ながら〈風月〉の年越し会は不参加となる旨を小夜子にメッセージした。森山には、年末年始の業務対応の件を再度確認する素振りで席に向かい、周りの人に気付かれないように、初詣に行けなくて残念であることを直接伝えた。

商業施設に設置されていたクリスマスツリーが撤去され、門松や正月飾りが据えられると、年の瀬をより実感するようになり、年内の出社もあと三日となった。

その頃になると、椙山の年末年始の業務対応の詳細が分かり、元日の午前から二日の朝までの期間で、千葉ニュータウンにあるデータセンターに行くことになった。作業内容としては、神戸と千葉にあるシステムを二重化するために必要な機器の搬入の手伝いで、作業時には作業服を着ることになっているので、カジュアルな服装でかまわないとのことであった。

年内最後の週は、重要度が高い業務は大方片付いていたこともあり、落ち着いた雰囲気で仕事納めの日となり、椙山は森山へ挨拶するため席に向かった。

「今年も一年間お世話になりました。来年もよろしくお願い致します」

「椙山君、ご苦労様でした。来年も期待していますよ」

「業務対応は気を付けて実施するようにします」

「せっかくの年末年始休暇なのに申し訳ないけど、対応お願いしますね」

森山は椙山に業務対応を頼んだことを後悔し、その表情は冴えなかった。

森山への挨拶を済まし、残っていた雑務を終えたところで、椙山の仕事納めとなった。

帰り道、椙山は小夜子にも挨拶するために〈風月〉に顔を出した。

「小夜子さん、こんばんは。今日で無事に仕事納めとなりました」

「安道くん、いらっしゃい。一年間、お疲れ様でした」

「大晦日の年越し会に参加できなくてすみません」

「気にしなくていいのよ、仕事ならしょうがないわよ」

小夜子は残念な気持ちを隠し、努めて明るい表情で振舞った。

本来なら自身の一年間の慰労を兼ねて、目一杯飲みたいはずの椙山であるが、年末年始の業務対応のため飲む量は嗜む程度に抑えて〈風月〉をあとにした。

第二章　慕情

一

大晦日の夜、千華子は彩子・舞子と共に横浜アリーナでカウントダウンコンサートを楽しんでいた。年越しイベントとして初詣を考えていたが、チケットを譲ってもらえることになったため、予定を変更したのだった。

コンサートが終わり外に出ると、千華子は興奮冷めやらぬアリーナを背景にして、彩子・舞子と三人で写真を撮った。三人の後ろを歩く女性の顔が映り込み、千華子はその女性のことが気になったが、新年の挨拶にその写真を添付して蘭にメッセージを送った。

蘭が千華子からのメッセージを受信したのは〈風月〉の年越し会に参加しているときで、小夜子が大晦日に年越しそばを出し、年が明けると玲子に手伝ってもらい雑煮やおせちを酒の肴として来店客に振舞っていた。

「千華子ちゃんから新年のメッセージだ」

蘭がつぶやくと小夜子が反応して、

「お友達からのメッセージ？」

「うん、勤めている会社の同僚で、入社してからの友達でね、カウントダウンコンサートに行くって言っていたから、その写真も送ってくれたの」

そう言って、蘭は小夜子にその写真を見せると、小夜子は驚いていた。

「千華ちゃんって……もしかして森山さんかしら？」

「えっ？　……そう、森山千華子さん。小夜ちゃんは千華ちゃんのこと知っているの？」

「うん、二週間前に安道くんと一緒に店に来てくれてね」

小夜子は椙山と一緒に来た日のことを忘れられない。

「千華ちゃんと小夜ちゃん、面識あったんだ。安道くんって椙ちゃんのこと？　椙ちゃん……ええと、椙山君のことかな？」

蘭が小夜子に聞いてきた。

「そう、椙山安道くん」

「そうだったんだ。椙ちゃんって、小夜ちゃんからは『安道くん』って呼ばれているんだね」

「安道くんは、蘭ちゃんからすると『椙ちゃん』なのね」

どちらからも「ちゃん」や「くん」と呼ばれる椙山のキャラクターに笑いながら、小夜子は写真をもう一度見せてもらうと、並んで写る三人の後ろに写りこんだ女性に目が留まった。


新年を迎えた元日、椙山はおとそ気分とはいかず、慌ただしく出掛ける準備をして外に出てみると、夜明け前で暗く、年末年始ならではの静けさであった。椙山は九時までに千葉ニュータウンに着くように移動を始め、一足早い仕事始めの気分で横浜に着き、乗り継ぎが丁度良い東海道線に乗車した。東海道線が多摩川の鉄橋を渡ると、初春の陽光を浴びた富士山を目にすることができ、椙山は清々しい気分となり新年を実感することができた。また車内には初詣に向かうと思われる晴れ着姿の女性もいて、艶やかな着物姿は目に留まったが、椙山は浮かれた気持ちにならないよう気を引き締めた。

千葉ニュータウン中央駅に着くと、椙山は事前に送付されていた地図を頼りにデータセンターに向かった。データセンターに着いて入館手続きを済ませ会議室に入ると、専任の保守担当者の他に椙山と同じ応援作業者が十人ほど集まっていた。

十時になって作業の説明が始まると、応援作業者の各々に作業服と軍手が渡され、最後に注意事項と事故や怪我がないように、と伝えられ、皆、作業服に着替えて機器の搬入に取り掛かった。

機器の搬入は保守担当者の本来業務の合間に行えるようスケジュールが組まれ、しかも応援作業者の待機時間を多く設定していたため二日間の作業予定になったようである。時間的に余裕があるスケジュールだったため、椙山は気持ち的には楽だったが、慣れない作業でいつもとは違う疲れを感じた。

夜の休憩時間になり、椙山はコンビニに夜食を買いに行こうとデータセンターの外に出た。マンションが建ち並ぶ通りを歩いていると、西神中央の街並みに雰囲気が似ていて、西神中央の彼女のことを思い出した。十一月のシステム更新のときは再発防止策を確実に実施しないといけない緊張感から、彼女のことを忘れていた。

（新年はどのように迎えたのだろう）

遠く離れた千葉からそんなことを思った。

夜の休憩を終えると深夜から早朝にかけて作業が行われ、スケジュールどおりすべての機器の搬入が終わった。着替えをして会議室に再び集まり、二日間の作業報告が行われると解散となり、椙山はデータセンターを退館した。

仕事始めの朝、千華子と蘭は横浜駅を出たところでお互いに気付き、二人並んで歩きながらオフィスに向かった。そしてすぐに大晦日の話題になった。

「千華ちゃんも〈風月〉に行ったことがあって、小夜ちゃんと知り合いだったなんて驚いたわ」

「私も蘭ちゃんがママさんとお友達なのを初めて知ったよ」

「千華ちゃん、椙ちゃんと一緒に〈風月〉に飲みに行ったんだってね」

蘭は社交的な性格から、椙山のことを椙ちゃんと呼び、椙山も蘭のことを蘭さんと呼ぶ間柄である。

「椙山君が気に入っているお店だって紹介してくれたの。いい雰囲気のお店で、ママさんは素敵な方だね」

「千華ちゃん、椙ちゃんと仲がいいんだね」

蘭が冷かしぎみに言うと、千華子は「からかわないで」と顔を赤らめた。

二人がオフィスに着くと、椙山がすでに自席に座っているのを見て声を掛けた。

「椙山君、おはよう」

「椙ちゃん、おはよう」

二人から声を掛けられ、椙山は振り向き挨拶した。

「森山部長、蘭さん、おはようございます。明けましておめでとうございます」

「おめでとうございます。椙山君、今年もよろしくね」

千華子の後に蘭が続いた。

「安道くん、今度〈風月〉に飲みに行こうね」

蘭のその言い方に驚いた椙山は、周りに聞こえてなかったか見渡した。

「蘭さん、安道くんって……。それに〈風月〉って……」

椙山は戸惑っていた。

蘭はいたずらっぽく、大晦日の〈風月〉の年越し会での出来事を話すと、椙山はようやく蘭の言い様の意味が分かった。

「蘭さん、安道くんは勘弁してくださいよ」

蘭は、椙山があたふたしている様子を可笑しそうに見ながら言った。

「分かったわよ、安道くん」

　椙山と蘭の掛け合いを千華子は微笑みながら眺めていたが、始業時間が近づくにつれ、千華子は不安げな表情になっていった。


　始業時間になると、社長のメッセージが館内放送で流され、年頭挨拶の後に今年の事業方針が説明された。事業環境の急激な変化に対応するため、新規事業立ち上げと既存事業再編の二大テーマが掲げられ、既存事業再編については「役職員全員を対象に早期退職を募ること」「転居を伴う異動も検討していること」が明らかになると、職場の雰囲気は新年の賑やかさから一転して張り詰めた空気になった。「詳細は人事部門が開く説明会で伝えられること」「早期退職希望や異動可否の確認は各部門長の下で実施されること」が最後に補足され、社長メッセージは終了した。

　社長メッセージを聴いた椙山は動揺し、周りの部員も同じような面持ちであった。

　午後になって部門会議が開かれると、部長の森山が社長のメッセージの意図を改めて説明した。森山は部員の動揺を落ち着かせるよう丁寧に話すことを心掛けた。早期退職に関する概略スケジュールが森山から説明され、意向確認のための部員ヒアリングは一月末までに行い、二月末に人事決定、三月三十一日が退職日とのことであった。部員の今後の人生や生活に多大な影響を与える内容だけに、森山は部員皆のケアに最大限努めることを告げて部門会議は閉会した。

　例年とは異なる仕事始めになったが、その週の金曜日、仕事を終えると、椙山は小夜子へ新年の挨拶と蘭とのやり取りを話すため〈風月〉に寄った。

「安道くん、いらっしゃい」

「小夜子さん、こんばんは。新年おめでとうございます。今年もお店で飲みたいと思っています」

「おめでとうございます。いつでも飲みに来てくださいね」

椙山は新年の挨拶を終えカウンターに座るとビールを注文した。メニューを見て料理を選んでいるところにビールが運ばれ、〈風月〉での飲み初めとなった。ビールと料理で気分がよくなってきた椙山は、蘭とのやり取りを小夜子に話すタイミングを待っていた。

「小夜子さんが蘭さんと友達だったとは思わなかったです。蘭さんから年越し会に参加したことを聞いて驚きました」

「蘭ちゃんとはフラワーアレンジメント教室で知り合ったの。私も蘭ちゃんが安道くんや森山さんと職場が一緒だと聞いて驚いたわ」

「蘭さんから『安道くん』って呼ばれて、職場であたふたしましたよ」

「森山さんから送信された写真を蘭ちゃんに見せてもらったとき、森山さんのことだけ言えばよかったわね。でも、安道くんと森山さんが一緒に来店してくれたって話したから」

「いえいえ、ただたんに蘭さんにいいように弄られているだけです。いつもだから大丈夫です」

「今度は三人で来店してね。お待ちしていますから」

「はい、三人で来させてもらいます」

椙山は「今宵は長居しそうだな」とビールを片手に一人つぶやいた。

二

椙山は休日に「既存事業再編」について自分の考えを整理していた。今の仕事は続けていきたいと思っているので早期退職する考えはないこと、職場は地元志向なので転居を伴う異動は避けたいという結論を出すのに、あまり時間はかからなかった。

人事部門が開く説明会は週明けから始まり、金曜日まで各日の午前・午後に設定され、都合のよい時間枠で参加して説明を聞くことになっていた。椙山は自分の考えを整理できていたが、月曜日午前の説明会に参加して、まず内容把握に努めた。一方、悩んだり迷っている社員も少なくなく、説明会に参加して戻ってくる度に、周囲の皆で話し合う光景が多く見られた。

椙山の部長ヒアリングは説明会翌週の金曜日九時三十分から設定され、その日は部長ヒアリングを終えると神戸のデータセンターへ出張する予定となっていた。時間少し前に椙山は会議室に向かい、順番が回ってくるのを通路で待っていた。椙山の前にヒアリングを行っていた部員が会議室から出てくると、椙山は会議室のドアをノックした。

「どうぞ」

会議室の中から森山の声が聞こえた。

「失礼します」

「椙山君、おはよう」

「森山部長、おはようございます。よろしくお願いします」

森山から既存事業再編の趣旨が改めて説明されるとヒアリングが始まった。

「椙山君、早期退職についてどのように考えていますか?」

「早期退職は考えていません」

「分かりました。次に、転居を伴う異動についてはどのように考えていますか?」

「異動は避けたいと考えています」

「椙山君の考えは分かりました」

森山はそう言うと、手元にある端末に椙山のヒアリング結果を入力した。

「椙山君、ヒアリングはこれで終わりだけど、何か聞いておきたいことはありますか?」

「…………」

「どうしたの、気になることがあるのかしら」

「千華子さん……早期退職や異動をどのように考えているのですか?」

「椙山君、ここは職場の会議室で勤務時間中よ。公私混同してはいけないわよ」

「すみません、気を付けます」

「正式に決まったら、皆に伝えるわ。椙山君、今日はこれから神戸に出張でしょ。私のことを気にするより、データセンターのメンバーのフォローをお願いしますね」

「はい、承知しました」

「ヒアリングを終了して大丈夫かしら」

「はい、大丈夫です。ありがとうございました。失礼します」

森山は退室する椙山の背中が寂しそうなのを感じたが、あくまで今は〝部長〟のため、次のヒアリングの準備を始めた。


その日の夜、神戸から戻ってきた椙山が新横浜の改札を出ると千華子が出迎えた。千華子はヒアリングでの椙山の様子が気になり、出張後に会いたいと連絡していたのである。そして千華子は椙山の気持ちを確かめるように時間（とき）を共にした。

二月になると新たな変化を椙山は知ることになる。

椙山は〈風月〉に寄り、小夜子に既存事業再編のことを話した。事業再編そのものは会社のことなので驚きはなかったが、椙山に「どうするの？」と尋ねた。

「安道くんの考えは決まっているのかしら」

「早期退職は考えていなくて、転居を伴う異動は避けたいと思っています」

「そうね、安道くんの思ったようにすればいいわよ。……」

小夜子が次の言葉をためらっていると、会計の声が掛かったため、会話はいったん切れたが、椙山は小夜子の表情が冴えなかったのが気になった。小夜子は客を見送ると、店の最後に残った椙山のもとへ戻り話を続けた。

「この店……三月で閉めようと思っているの」

「えっ⁉　小夜子さん、本当ですか？」

「耳に入ってきたことがあるかもしれないけど、周辺地域の再開発が進んでいて、この店が入っている建物も建て直すことが決まったみたいで」

「そうなんですね。他に移転してお店は続けるんですか？」

「今のところは考えていなくて」

「小夜子さんはどうされるのですか？」

「少しゆっくりしようかなと思っているの」

「〈風月〉を閉めてほしくないです」

「安道くん、無理を言わないの」

心の拠り所となっている女性と会えなくなる日が来ることを知った椙山は、いつになく呑むペースが速く量も嵩んでいった。

「会えなくなるのは寂しいです」

椙山は酔いが回ってくると心情を吐露した。

「安道くん、気持ちはありがたいわ。それはそうと、だいぶ酔っているわね。もう心配だわ、そろそろ帰りましょうね」

「小夜子さんとまだ一緒にいたいです」

「安道くん……しょうがないわね」

小夜子は椙山とは終わりにすると決めていた。

手際よく店の片付けをし戸締りをすると、椙山と共にタクシーに乗り込んだ。

三

三月になると、身の回りの片付けや仕事の引継ぎなどを行う社員を多く見かけるようになり、誰が退職するか分かってきた。ベテラン社員が片付けをしながら、見るからに古い資料を手に取り、若い頃を懐かしんでいる様子も見られた。

椙山が片付けの手伝いでフロア内の廃棄物集積コーナーに行くと、書類や備品などを廃棄している蘭がいた。

「蘭さん、こんにちは」

「あっ、椙ちゃん」

「蘭さんが辞められるって聞いたんですが、本当ですか?」

「ええ、退職することにしたの。この機会を私なりに活かそうと思ってね。そういえば、千華ちゃんも辞めるみたいだよ」

「やっぱり……森山部長が辞められるようなことを耳にして……」

正式な人事通達は出ていないが、大方知れ渡っているようであった。周りがせわしなく動いている中、手を休めて蘭が続けた。

「小夜ちゃんが〈風月〉を閉店するんだってね」

「千華子さん、小夜子さん……二人とも辞めてしまうんですね」

椙山がつぶやくと、それを聞いた蘭は、椙山の二人に対する想いを察した。

ふと、椙山は小夜子の言葉を思い出した。

「蘭さん、千華子さんと三人で〈風月〉に行きませんか?」

「もちろん、いいわよ」

蘭は快諾し、「私から千華ちゃんを誘ってみる」と言ってくれ、二人はそれぞれの片付けに戻った。

〈風月〉は三月二十六日の土曜日に閉店することが決まった。閉店の日が近づくと別れを惜しむ客で混むことが見込まれるので、十一日の金曜日、仕事帰りに三人で〈風月〉に行くことになった。

当日を迎え、三人で〈風月〉の暖簾をくぐると、小夜子が出迎え、予約席へ案内してくれた。

「森山さん、いらっしゃいませ。またのご来店ありがとうございます」
「ママさん、こんばんは。よろしくお願いします」
「ごゆっくりしていってください」
「蘭ちゃん、安道くん、いらっしゃい。少し待っていてね、すぐに注文に伺うから」

椙山は、千華子と蘭が横並びで座るのを待ってから、注文の応対しやすい、蘭の向かいの席に座った。

小夜子が注文を取りに戻ってくると、椙山は二人が選んだ酒と料理を伝え、その後に自分の酒を頼んだ。三人の酒が運ばれて乾杯すると、千華子と蘭は職場での思い出話で盛り上がり、椙山は二人の会話を邪魔しないようにしながら、酒を追加で頼んだり料理を取り分けていた。

思い出話が一段落すると、二人の会話は退職後のことになっていった。

「千華ちゃん、辞めてからどうするの？　何かする考えがあるのかな」

「具体的に決めてはいないけど、小さい頃から興味があったことを始めてみたいと思っていてね」

「なになに、どんなこと？　気になるよ」

「ガラス細工や陶器とかに興味を持っていてね。ガラス細工や陶器でできた食器やインテリアが好きで、機会があれば自分で作ってみたいと思っていたの」

小夜子の手が空いたタイミングで三人の席に来たときだったので、小夜子は千華子に尋ねた。

「森山さんも退職されるのですか？　蘭ちゃんのことは聞いていたのですが」

「はい、この機会にと思いまして」

「ガラス細工や陶器でできた食器やインテリア、素敵です。ぜひ叶うといいですね」

「ありがとうございます」

小夜子ともう少し話ができそうに感じた蘭が続けた。

「小夜ちゃんは〈風月〉を閉めたらどうするの？」

「趣味の写真を続けられたらいいなと思っているの。一度地元に戻って、ゆっくりしてからかな」

「ママさんの出身はどちらの方で？」

千華子が問い掛けたとき、小夜子に声が掛かり席を離れてしまい、その話題は流れてしまった。

椙山は会話のキリがよくなったのでトイレに行き戻ってくる途中、蘭がいて、蘭は千華子と小夜子のほうを振り返りながら椙山に小声で話し掛けた。

「千華ちゃんと小夜ちゃん、それぞれとのツーショット写真を撮ってあげるから」

「蘭さん……ありがとうございます」

椙山は、蘭が自分の二人に対する想いをなぜ分かるのか不思議だったが、礼を述べた。

蘭の持ち前の社交性で、千華子も小夜子も快く椙山とのツーショット写真に応じてくれ、椙山は蘭への感謝しかない。と思ったのも束の間、

「椙ちゃんは千華ちゃん、小夜ちゃん、どっちが好きなの？　この際、ハッキリさせちゃいなさい！」

「蘭さん、最後までぼくを弄らないでくださいよ」

二人との別れが近づく中、椙山には千華子と小夜子それぞれへの想いはあるが、

もちろん、この場では言えず、咄嗟に大晦日のときに蘭が千華子と小夜子の共通の友達であることが分かった話を聞きたいと切り出した。すると蘭はきっかけになった、千華子から送信された写真を出すと、改めて見た千華子と小夜子が、「写真に写り込んでいる女性が知人に似ている」と口を揃えて話した。「そのような偶然があるんですね」と椙山は写真を見ながらも、その女性が西神中央の彼女に似ていると驚いた。椙山は蘭を経由して、千華子が撮ったその写真を貰った。

「さて、椙ちゃん、話題を戻さなくていいの？」

椙山はうまく話題を逸らせたと思ったが、蘭にはバレていた。蘭に再び弄られだすと、

「千華子さんも小夜子さんも、お二人とも素敵な女性ですが……自分が一番に好きなのは蘭さんですよ」

「椙ちゃんったら、本気にしちゃうよ」

椙山のその〝逃げ〟の返答に、千華子と小夜子は気恥ずかしさを共有するかの

ように苦笑した。

　それぞれの想いを抱えながら、送別会は寂しさを感じず、楽しい雰囲気のまま終了した。


　千華子と蘭が先に帰り、椙山は一人になったテーブル席で呑みながら、小夜子の姿と〈風月〉の店内を目に焼きつけた。ラストオーダーを聞かれた椙山は日本酒を頼むと、小夜子にわがままを言ってカウンター端のお気に入りの席に移動させてもらい、閉店時間までゆっくりと飲んでいた。

　最後の一口を飲み干し会計を済ませると、椙山は小夜子と共に外へ出た。

「小夜子さん、ありがとうございました」

「安道くん、ありがとうね」

　挨拶を終えて歩き出した椙山だったが、小夜子が店の中に入ったように感じられず、振り向くと、小夜子は〈風月〉の白い灯に照らされ佇んでいた。

「小夜子さん」

「どうしたの、安道くん」

静かなときが流れた。

「また、お会いできますよね」

「ええ、また、会えるわよ」

椙山は表情が晴れて再び歩き出し、小夜子は椙山が路地の角を曲がるのを優しい眼差しで見送った。


年度の最終日となり、早期退職に応じた多くの社員が退職する日を迎えた。退職者の席は各々綺麗に片付けられ、パソコンやディスプレイだけになった。

椙山は蘭の席に行き挨拶した。

「蘭さん、お世話になりました。これから、いろいろ楽しんでください」

「ありがとう。椙ちゃん、これからも頑張ってね」

蘭との挨拶を終えた椙山は自席に戻り、フロアの奥にある森山の席に目をやると、森山はまだ出社していなかった。午前中は取引先や関係部門へ退職の挨拶のため行っていて、午後から出社する予定であった。そして午後になって出社したが、オフィス内を回り、戻ってきてからは部員との応対が途切れなかった。十七時を過ぎ終業時間まで一時間を切ると、椙山も焦り、ようやく席の周りに人がいなくなったので、すぐさま席に向かった。

「森山部長、大変お世話になりました」

「いいえ、私の方こそ、椙山君には助けてもらったわよ」

一瞬の間があり、

「少し待ってもらえるかしら」

そう言うと、森山はメッセージカードを取り出して何かを書き込むと、メッセージカードを椙山に手渡した。手渡す際、森山は声のトーンを下げて椙山に言った。

「私のプライベートの連絡先を書いておいたわ」

「千華子さん……」

「椙山君、今後の活躍を期待しているわよ」

千華子は周りに気付かれないように椙山に微笑んだ。

終業時間となり退職者の挨拶が行われる中、椙山は千華子との思い出とメッセージカードを大切にしまった。

翌日出社したオフィスが広く静かに感じられ、椙山は新年度の胸が躍る気分にはならないまま、その日の仕事を終えた。

本厚木に戻ってきた椙山は、気付くと〈風月〉があった路地まで来ていた。店舗のシャッターは下ろされていたが看板は残っていて、今にでも白く灯りそうな〈風月〉を前に、椙山は小夜子とのツーショット写真を眺めながら、小夜子の笑顔と〈風月〉での日々を振り返った。風の便りに小夜子の地元は神戸で、そちらに戻ったようだと聞いた椙山は、小夜子との約束を信じて路地を後にした。

郵便はがき

料金受取人払郵便

新宿局承認

2524

差出有効期間
2025年3月
31日まで
（切手不要）

160-8791

141

東京都新宿区新宿1－10－1

(株)文芸社

愛読者カード係 行

ふりがな お名前		明治 大正 昭和 平成　年生　歳
ふりがな ご住所	□□□-□□□□	性別 男・女
お電話 番号	（書籍ご注文の際に必要です）	ご職業
E-mail		

ご購読雑誌（複数可）	ご購読新聞 新聞

最近読んでおもしろかった本や今後、とりあげてほしいテーマをお教えください。

ご自分の研究成果や経験、お考え等を出版してみたいというお気持ちはありますか。

ある　　ない　　内容・テーマ（　　　　）

現在完成した作品をお持ちですか。

ある　　ない　　ジャンル・原稿量（　　　　）

書　名				
お買上 書　店	都道 府県	市区 郡	書店名	書店
			ご購入日	年　　月　　日

本書をどこでお知りになりましたか?

1.書店店頭　2.知人にすすめられて　3.インターネット(サイト名　　　　　)

4.DMハガキ　5.広告、記事を見て(新聞、雑誌名　　　　　)

上の質問に関連して、ご購入の決め手となったのは?

1.タイトル　2.著者　3.内容　4.カバーデザイン　5.帯

その他ご自由にお書きください。

(　　　　　　　　　　)

本書についてのご意見、ご感想をお聞かせください。

①内容について

②カバー、タイトル、帯について

弊社Webサイトからもご意見、ご感想をお寄せいただけます。

ご協力ありがとうございました。

※お寄せいただいたご意見、ご感想は新聞広告等で匿名にて使わせていただくことがあります。

※お客様の個人情報は、小社からの連絡のみに使用します。社外に提供することは一切ありません。

交通量の多い通りに出て周囲が明るくなると、椙山はすれ違った女性が千華子に見え、彼女に会いたい衝動に駆られた。横断歩道の信号が赤になり立ち止まったのとは反対に、千華子への想いは止まることなく、椙山はメッセージカードに書かれた番号に電話を掛けた。

コールは五回、十回と鳴り続いた。

千華子は出ない。

「信号が青になるまで待とう」

椙山は自分に言い聞かせた。

「………………」

信号が青になり歩き始めたときだった。電話の応答があり、椙山はすぐさま歩道に引き返した。

「もしもし」

千華子の声だった。

「椙山です。森山部長でしょうか？」

電話の向こうでクスッと笑った。

「椙山君、私はもう部長ではないわよ」

「そうでした」

「いつもどおりに呼んでかまわないわよ」

「はい」

「すぐに出られなくてごめんなさいね。洗い物をしていて、手が濡れていてね」

「そうだったんですね」

椙山は安心して続けた。

「千華子さん、今、時間大丈夫でしょうか？」

「大丈夫よ。昨日、会社を辞めたばかりで、何もすることないわよ。それよりも椙山君、どうしたの？　突然に電話を掛けてきて」

「…………」

椙山は一瞬ためらったが真面目に答えることにした。

「千華子さんに会いたいです」

「…………デートの誘いかしら」

千華子もまた真面目に聞いた。

「はい」

「いいわよ。明日の夜、椙山君は空いている？」

「大丈夫です」

「食事でもしましょうか」

「ありがとうございます」

食事をする店の近くにある公園に十九時に待ち合わせることにして、二人は電話を終えた。

翌日、椙山は約束の十分前に着くと、道行く女性を見かけるたびに千華子では、と気持ちが浮き立った。十九時になり、千華子と思える女性が近づいてきたが、確信を持てなかった。千華子のスーツ姿しか見たことがなく、カジュアルな姿をイメージできなかったからだ。

「椙山君」

「千華子さん」

椙山は初めて見る姿の千華子を愛おしく思い、何も言わず抱きしめていた。千華子は椙山に身を任せた。

公園のライトに照らされた夜桜が、二人をそっと包み込んでいた。

第三章　情　愛

一

四十九歳になった椙山は春の彼岸に小田原に墓参りに行った。来年の一月四日には五十歳という人生の節目を迎える。去年の三月、リストラで早期退職し、九月に再就職してから半年が過ぎ、ようやく日々のペースが落ち着いてきたところである。

墓参りの後、両親と共にお寺で住職に会い、墓の改修について相談した。先祖の過去帳を紐解くと、このお寺で百年以上は世話になっているようで、墓石は小さくて古めかしく周囲と比べてしまうと見劣りするのが、見栄っ張りの母親には気に入らないようで、自分が入るときまでに綺麗な墓にしておきたいと常々言っていたからだ。一方、父親はそういうことに無頓着で、「入るときには墓のことなんて分からないのだから」と呆れ顔だった。

住職から改修の大まかな段取りを聞き、石材店を紹介してもらった。石材店に連絡を取ると、墓の広さや状態などを確認したいということで、ゴールデンウィークの連休にお寺まで来てもらえることになった。椙山は石材店の担当者にお寺に来てもらった後、幼少期に住んでいた場所や通っていた学校を訪れ写真を撮る計画を立てた。過去の自分に会ってみよう、と思ったからだ。

連休初日、石材店の担当者とお寺の本堂の前で合流すると墓まで案内した。担当者は墓地の広さを測ったり周囲の墓を見て回るなどして、サンプルと照らし合わせながら改修する墓のイメージを練っていた。墓石の大きさ、外柵（がいさく）の高さ、墓誌の有無、従来の墓石の扱い、石の材質や色などを聞かれ、改めて聞かれるといろいろと決めることがあるな、と、あれこれ考えながら担当者に要望を伝えた。要望を踏まえ、墓全体のデザイン作図や見積りを行ったうえで、お盆の頃を目安に次回の打ち合わせを行うことにした。

（これまで見守ってくれていた先祖への感謝を墓の改修という形で伝えられると

いいな)

椙山はそう思った。

連休二日目、椙山は四歳まで過ごした大井町を訪れた。小田急線の新松田駅を降りて南に向かって歩くと、川音川(かわとがわ)にかかる文久橋(ぶんきゅうばし)が見えてきた。

小さい頃、この橋から落ちる夢を何度も見たことを、椙山はずっと覚えていた。夢は毎回同じで、橋から落ちるところで終わっていて、その後どうなったかは出てこなかった。夢占いなどを興味本位で見るかぎりでは、橋から落ちる夢は良い意味はなさそうだが、この年まで元気でいられたのは、幼い頃の自分が夢で悪いことを先取りしてくれたおかげかもしれない、と椙山は思っている。

橋からは富士山がハッキリと望め、恰好のビューポイントなのに、夢とは反対に富士山のことを全く覚えていないのを不思議に感じた。橋を渡りしばらく歩くと、道は二又に分かれる。ここは記憶に残っていて左に折れ、道なりに進んだ。

記憶にある御殿場線の踏切と踏切近くの空き地を目指し、変わっていない石垣のある家沿いに歩いていくと、御殿場線の下を潜るように整備された東名高速道路までのバイパスが目に入り、その先に目をやると記憶にある踏切が残っていた。踏切近くの空き地はなくなっていたが、その場所にはアパートが三棟建っていた。バイパスを渡って踏切まで行くと、空き地の跡に建てられたアパートから子供の声が聞こえてきた。椙山の脳裏に祖母に食べさせてもらった〝卵とじのお吸物〟の味と蛍狩りで眺めた淡い光の帯が原風景として鮮やかに甦ってきた。

連休三日目、椙山は自分の通った小学校・中学校・高校を順番に訪れた。

小学校は家から近く、久しぶりという感覚はなかったが、正門から学校を一周してみることにした。正門の扉は鍵がかけられていて、関係者以外立入禁止の看板があり、防犯ビデオも設置されていた。安全・安心の社会基盤が揺らいでいる昨今、致し方ない処置とはいえ、寂しい気持ちになった。校舎・体育館・プールの配置は変わらないな、と、外観を見ながら小学校の周囲を歩いていると、正門以外の二つの入出門も正門と同じように防犯対策がなされていた。校庭に面した通りまで回ってくると、椙山は当時まだ自由に出入りできた校庭で、父親と野球の練習をしたことを思い出した。学校生活の思い出は後日、歩きながら撮った写真を見返して振り返ることにした。

周辺の変化を見ると、当時あったアーケードのある商店街は取り壊され、コンビニやドラッグストアが地域の生活を支えるようになっていた。椙山は商店街があった頃のスーパーマーケットでパートをしていた母親の姿を思い浮かべた。

(年老いたとはいえ健在な両親のことを懐かしむのもおかしいか)

両親の長生きを願って中学校に向かうことにした。

丘から坂を下ると、中学校の学区の中央にあたる場所のコンビニで信号待ちをした。信号待ちの間、花壇が並ぶ住宅地の一方向を眺めて歩いていたのは、自身が持ち続ける〝ある想い〟のためだと気付いた。信号が青に変わり中学校に向かおうとしたとき、この坂は交通事故が度々あったのを思い出し、後方をよく注意して横断歩道を渡った。椙山は咄嗟に当時の感覚を思い出した自分に感心した。

中学校の校舎が見えてくると、周辺の環境は当時の面影がまったく残っておらず、田んぼだった一面は区画整理され国道が通り、国道沿いは店舗が並ぶ街並みに変わっていて、時の流れをしみじみと椙山は実感した。

中学校は、椙山が在校時、一時的な生徒数の増加に対応するために建てられたプレハブ校舎がなくなっていた。一年のとき、そのプレハブ校舎で授業を受けていた椙山には少し残念であったが、その他の外観は小学校と同じく変わっておらず、思い出は写真で後日振り返れそうだと安心して高校に向かった。

この日訪れた母校の中で高校が一番変化が少なかったように感じた。高校の周辺も田んぼが広がっていたが、その風景が当時のままであった。校舎の構えもほとんど変わっておらず、唯一変わっていたのは何面かあったバレーボールコートの一角がプールになっていたことであった。運動は得意だったが泳ぎは苦手というかほとんどダメで、椙山は当時プールが設置されていなかったので助かった、と思った。通りに面した体育館の外壁に運動部の活躍を称える垂れ幕を見かけ、在校生が部活に一生懸命取り組んでいる姿に椙山は目を細めた。高校の周りを一周して、この日の母校巡りを終えた。

西に連なる山並みは、学校から見るとそれぞれ違い、しかしその姿は当時から変わることはなく、学校生活の思い出と共にこれからも記憶として残っていくのだろう、と椙山は感じた。

連休四日目は電車を乗り継ぎ約三時間かけて大学を訪れた。東京近郊にあるキャンパスには卒業以来二十七年ぶりで、高校三年の秋に推薦入試の受験で初めて来たときからは三十年以上経っていることになる。

最寄り駅の駅舎は当時のままで、キャンパスに向かってまっすぐ伸びる商店街は変わらずに賑わいをみせていた。所属していたアーチェリー部の先輩や仲間と肩で風を切る勢いで闊歩した商店街であり、皆で通った中華料理屋や居酒屋などが今でも軒を並べていることを嬉しく思う一方、商店街には似つかわしくないマンションが建っているのを目にすると寂しい気持ちにもなった。

正門の前に着くと、門扉は作り替えられたようで綺麗になっていたが、正門から見える研究棟や図書館は大学の施設らしい趣ある佇まいを当時のまま残していた。

キャンパスの裏手に回りグラウンドに目をやると、楽しい時間を過ごしたアーチェリー練習場はなくなっていて、別の施設が建っていた。練習場は失われてしまったが、今でも皆で会うと話に花が咲く青春の一ページの舞台であり、いつまでも記憶として残るであろうと思い、最後の目的地である当時住んでいたアパートに向かった。

アパートに向かう道路や街路樹は変わっておらず、迷うことなく道なりに進むと、アパートもまた変わることなく、当時の外観のまま残っていた。近隣住民の目が気になり、わずかな時間だけ間近で見た後、遠目からアパートを眺め、初めての一人暮らしを懐かしんだ。

椙山にとって、学生時代は人生の中でも特別で豊かな時間であり、学生の頃に戻れたようで、充実した日になった。

二

ゴールデンウィークが明けると、新年度が本格的に動き出したようで、清々しい新緑や薫風と相まって、若い世代の躍動感が椙山には眩しく微笑ましかった。自分にも同じような時期があったな、とオフィス街の空を見上げ、ビルのガラスに映る自分の姿が目に留まると、「年をとったな」と苦笑した。

帰宅時間の十九時近くまで明るく、陽気がよいこともあり、椙山は一週間の仕事終わりの金曜日に解放感から居酒屋で気持ちよく飲んだ。居酒屋を出ると、通りに面した飲食店から若い世代の伸びやかな声が聞こえ、すれ違う若い面々はほろ酔いながら足取りは軽かった。昼間とは違った感覚で自分の若い頃を思い出し、一人で飲んでいたことを寂しく感じた。

椙山が感傷に浸りながら歩いていると、スナックの前でママかキャストらしい女性が開店準備をしているのを見かけた。一度は通り過ぎたが、椙山は何かに引き寄せられるように引き返し、準備を終え店の中に戻ろうとした女性に思い切って声を掛けた。

「すみません、こちらのお店の方でしょうか？」

「はい」

「こちらのお店はスナックですか？　一人で、初めてなのですがよろしいでしょうか？」

「いらっしゃいませ。はい、もちろん大丈夫ですよ。ご案内しますね」

女性は丁寧に対応してくれて、安心できる店だと感じ、女性と一緒に店に入った。

ドアの右側にカウンターがあり、六席横並びで座ると通り側を向く配置になっていて、椙山は気軽に飲めそうなドア寄りのカウンター端の席に座った。

椙山がカウンター席に座ると、女性は店のママで碧と名のり、店は「スナック深雪」と教えてくれた。碧に何を飲むか聞かれた椙山は直感的にまた来る店だと思い、焼酎のボトルを入れることにした。碧はボトルを持ってくるとボトルキープする際の札を用意して椙山に名前を聞いた。

「お客様、お名前を伺ってよろしいでしょうか？」

「はい、椙山といいます」

「椙山さんですね。札に書く名前はどうされますか？」

「そうですね……ママにお任せしますよ」

碧はわずかに考えると、椙山の雰囲気を確かめて札に名前を記した。

「『スギちゃん』にしました」

そう言って、碧が椙山に札を見せると、椙山は照れくさかったが、碧の絶妙な距離感に感心し自分も合わせることにした。

酒を作ってくれた碧がお通しを用意するのを待って、椙山は碧に一緒に飲まないかと酒を勧めた。

「碧ちゃん、一緒に飲みますか？」

「いいですか？　それではいただきます」

一見客とママの二人で飲んでいるのは少々気恥ずかしかったが、ほどなくして客が来店してきて碧の接客の相手が移ると、椙山はようやくリラックスして飲み始めた。一人で飲んでいると、カウンター越しに高級そうなウィスキーがガラスの扉付きの棚に何本も置かれているのが目に留まり、自分が来るような店ではなかったかなと、入店時の安心感がゆらぎだした。

椙山は店内を警戒するように見回し、ドア左側の壁からカウンターの反対側の壁に沿うようにテーブル席が五卓配置されていて、グループ客も多く来る店なのだろうと見当をつけた。実際、まもなくグループ客が来てテーブル席についたのを見て、椙山は帰る潮時だと思い碧に会計をお願いした。

「初めてのご来店ありがとうございました」

「思い切って声を掛けてみて、よいお店で飲めて楽しかったです」

「スギちゃん、また来てくれるのを待っているね」

「碧ちゃん、ありがとう。また来るね」

椙山は碧に何かを感じつつ〈深雪〉をあとにした。


八月のお盆が過ぎると、石材店の担当者から連絡があり、墓全体のデザイン図と見積りができたとのことだった。担当者が家の近くまで出向いてくれることになり、土曜日の午後に近所の喫茶店で両親にも来てもらい、打ち合わせをした。墓全体のデザインは要望を概ね受け入れてくれる形になり申し分なく、細かい点、家紋と墓誌に入れる人数を決めることになった。墓石は四基あり、そのうちの二基にそれぞれ異なる家紋が彫られていたが、今となっては先祖の流れを知る由もなく、石材店の担当者に相談してみると、施主の意向に任せるということだったので、二基のうち大きいほうの墓石の家紋を踏襲することにした。

過去帳を紐解くと二十名ほどの先祖が確認でき、椙山自身は全員の戒名を墓誌に入れてもらうと考えたが、近くに亡くなった数名に留める考えもあるようで、人数は悩むことになった。父親の記憶で、祖母が亡くなったときに祖母の骨壺と合わせて三口の骨壺を納めたようで、その三名分を墓誌に入れてもらうことにした。それは先祖も受け入れてくれるだろうと、椙山は自ら言い聞かせた。

石材店の担当者から、これから改修に着手して完成は十一月中旬を見込んでいると聞き、打ち合わせは終了した。

打ち合わせを終えると、椙山は暑い夜を過ごすため居酒屋に入ってビールで喉を潤した。刺身と焼き鳥の取り合わせで、一人、打ち合わせの慰労をして、秋に建つ墓を楽しみにした。

居酒屋で飲み終えた椙山の足は自然と〈深雪〉に向かっていた。五月に準備中の碧に声を掛けたのをきっかけに、今ではお気に入りの店の一つになっている。いつもは金曜日に寄っているので土曜日は初めてである。

〈深雪〉のドアを開けると、店内から碧のいつもの声が聞こえてきた。

「スギちゃん、いらっしゃいませ。こちらへどうぞ」

そう言って、ドア寄りのカウンター端の席に通してくれた。

「スギちゃん、お酒はどうする」

「焼酎の水割りをお願いね」

酒を頼んだ椙山は、カウンター奥の先客についているキャストが初めて見かける女性だと気付いた。碧が酒とお通しを用意してくれて二人で乾杯すると、碧から奥にいる女性は入店して十日目だと紹介された。

　しばらく碧と飲んだ後、タイミングを見計らって碧が女性の傍に寄って耳打ちし、接客の相手を入れ替わった。

「スギさん、いらっしゃいませ」

「あっ、どうも、こんばんは」

「はじめまして、薫と言います。よろしくお願いします」

「薫ちゃんですね、よろしくね」

　椙山は薫と乾杯してから一緒に飲んだり話していくうちに、薫が自分好みの女性であるのが分かってきたが、それとは別の、碧と通じる何かを薫にも感じた。帰りの際、見送りのため並んで立つ碧と薫を見たときも、二人に感じる何かがおぼろげながら浮かんでくるようであった。

三

九月の終わり、椙山はいつものように〈深雪〉の夜を楽しんでいた。その日のキャストは碧と薫の二人だけで、珍しく客足は鈍いようで、飲んでいるのは椙山一人であった。

五十歳の節目まで百日を切り、「カウントダウン開始だね」と碧と薫に弄られ、椙山は気分よくなっていった。

「今日は自分の半生を二人に聞いてもらう会にしよう」

椙山が言うと、

「スギちゃんの昔話が聞きたい」

「スギさんの思い出を知りたい」

碧と薫が上手に乗ってくれて、碧が焼酎の水割りを新しく作ってくれると、聴衆二人の椙山の独演会の幕が開いた。

＊

小学校四年の始業日、担任の先生から、「明日、女の子の転校生を迎えます」という連絡があった。

二年単位でクラス替えする仕組みだったので、三年から四年に上がるときには、担任は変わることもあったがクラスメイトは変わらなかった。

翌日、担任に付き添われて転校生の女の子が教室に入ってくると、担任に促され、その女の子は挨拶した。

「こんにちは。はじめまして、嶋尾百合恵（しまおゆりえ）です。よろしくお願いします」

百合恵さんが教室に入ってきたときの姿と挨拶の第一声を忘れたことはない。今思えば、百合恵さんは初恋の相手で、そして一目惚れだったのだろう。百合恵さんは三年の頃から自分と仲がよかった女の子二人と友達になったので、自然な流れで身近な間柄になっていった。

クラスの班分けで同じ班になって、授業や遠足でよく一緒に行動し、休み時間には背比べをしたり、ボール遊びをしたりし、自分は小柄だったこともありよく弄られたが、百合恵さんの存在は自分の中で大きくなっていった。バレンタインデーのチョコレートを貰い、ホワイトデーにクッキーのお返しをしたという百合恵さんとの思い出は少年時代の宝物だった。

*

薫が水割りのグラスの水滴を拭いてコースターに置いてくれた。椙山は一口飲むと、話を先に進めた。

*

五年に上がると、百合恵さんとはクラスが別々になってしまい、百合恵さんと会う機会が失われてしまったが、今度は女の子の方から好意を寄せられる出来事が待っていた。

別のクラスになった友達が休み時間に教室に入ってきて自分は廊下に連れ出され、そこには初めて見るか今まで気付いていなかった女の子が立っていた。女の子の名前は五十里正美さんといい、同じ学年だったが一緒のクラスになったことはなく、家が近所ということでもなかったが、気になっていたと言われた。

別のクラスになった百合恵さんに会いに行く度胸が少年の自分にはなかったが、女性は成長が早いせいか、正美さんは行動的な女の子だった。

そう言えば、同じクラスの女の子の家に遊びに行ったとき、家にいる女の子は学校での姿とは当然だが違って、服装や仕草の違いもあったと思うが、女の子を大人の女性として意識した瞬間があり、今思うと性への目覚めでもあった。

初恋、性への目覚めを経験しながら成長していき、六年になったときは、運動会でリレーのアンカー、組体操の三段タワーの頂点をこなし、全校生徒千二百人と先生や親御さんらの注目を浴びる活躍をした。そして、児童会長にも選ばれ、縁日の開会宣言をして地元の新聞に紹介記事が載ったこともあった。女の子たちのお母さん方からは「安道くん」と呼ばれ、親世代からの評判は抜群だった。まさにこの六年のときが人生のピークだった。

小学校の皆、同じ中学校に進学したが、百合恵さん、正美さんとは三年間同じクラスにはなれなかった。正美さんは中学生になっても好意を持ち続けてくれていたが、制服を着て大人びた雰囲気になっていった正美さんに対して、自分は小柄だったことがどうにも気になって、こと、恋愛的な思考や行動には消極的だった。だから正美さんの気持ちに応えることができなかった。いつしか正美さんから話し掛けられることもなくなっていった。

*

椙山が水割りを飲み終えトイレに行ったところで、独演会の幕間(まくあい)となった。

碧と薫は常連客に来店の誘いの連絡をとっていたが、一様に腰が重い様子だった。

椙山がトイレから戻ってくると、薫が水割りを作ってくれていた。椙山は碧と薫にも酒を勧め、二人は焼酎のジャスミン茶割りを飲むことにした。二人の酒が用意できると、再び独演会の幕が開いた。

*

高校三年の二学期に入ると、進路面談で、担任から同級生の内田麻裕美さんと時間を前後して学習室に呼ばれた。クラスは男子三十人、女子十人の理系クラスで、少ない女子の中でも麻裕美さんの印象はあまりなく、どういった経緯で二人が呼ばれたのか分からなかった。どちらの順番が先だったかは覚えていないが、学習室から教室に戻ってきて麻裕美さんと話すと、面談の内容は二人とも同じで、大学への指定校推薦の候補に挙がっていることを知らされ、本人の希望などのヒアリングが行われたのであった。

麻裕美さんと話すことはほとんどなかったが、この日を境にして話すことが増えていった。

十月中旬になると、二人とも進路面談のときに知らされた大学に、それぞれ指定校推薦されることが決まった。偶然であるが、麻裕美さんと面談日が同じ日だったが、入試日も同じ日だった。推薦入試ということで通常の入試と違って教科のテストはなく、小論文と面接が行われることになっていて、麻裕美さんや他の推薦入試に臨むクラスメイトと共に、小論文の演習や模擬面接などに取り組み入試に備えた。

入試前日、麻裕美さんは学校を欠席していて、担任に聞いたところ風邪で休みのようであるが、翌日の入試のために大事をとってのことらしく、大丈夫と聞き安心した。

自分はというと体調に問題なく、入試当日の天気はよく、意気揚々と高校の制服を着て大学のキャンパスに向かった。最寄り駅に着いたタイミングで家に電話して親を安心させると同時に自分の気持ちも落ち着かせた。多少の緊張はあったと思うが、小論文と面接は無事に終わり、キャンパスを出たところでもう一度家に電話して無事に終わったことを伝えて帰路についた。

家に着くと、疲れを感じるよりも麻裕美さんのことが気になった。前日の担任の話では大丈夫とのことだし、翌日、学校に行けば分かることではあったが、思い切って自宅に電話を掛けた。お母さんが出て、高校の同級生であることを告げると、少し驚いたような様子だったが、麻裕美さんに取り次いでくれた。麻裕美さんの体調は良くなっていて入試は無事に終えたことを聞いて安心して、その日の電話は終えた。翌日、登校し顔を合わせると、お互い気恥ずかしい感じで挨拶した。

十二月になり二人に吉報が届くと、周囲の受験への追い込みをよそに、新たな門出までの束の間、麻裕美さんと親しい関係になっていった。

気付くと椙山の水割りは終わっていて、椙山は碧や薫と同じようにジャスミン茶割りを飲むことにした。椙山の語りはますます熱を帯びてきた。

＊

＊

推薦入試に合格して大学生になると、アーチェリー部に入部した。

その年の秋に開催された学園祭では部として、弓矢を使った風船割りの体験会を開いた。来場者の対応を行っていると、二人組の女性が訪れた。そのうちの一人に矢の番え(つがえ)方や弓の引き方を説明して体験してもらった。彼女は風船を割ることができて、景品を渡すと楽しかったと喜んでくれた。

来場者の波が一段落した頃合いだったので少し話をすると、専門学校に通う一年生で、歩いて学園祭に来られる距離に住んでいるということで、身近に感じて会話が弾んだ。

　彼女は、その他の展示や出店も見てくると言って行ってしまったが、帰り際にもう一度寄ってくれた。アーチェリーそのものを体験してみたいとの要望であった。キャンパス内にあるアーチェリー練習場は関係者以外の入場、使用は禁止されているので、先ずはお世話になっているアーチェリーショップに一緒に行って相談してみることにした。

　彼女に最初に対応したことと同じ学年ということから、自分が窓口になり、彼女の名前と連絡先を聞いて、後日、段取りを知らせることになった。彼女は小沼（こぬま）久未（くみ）さんといい、自分が住むアパートの近くに住んでいることが分かった。先輩方と弓具を購入したり修理するためにアーチェリーショップに行く日を決めると、久未さんに連絡して当日を迎えた。

　当日はキャンパスの正門で待ち合わせることになっていて、久未さんがやって来ると、「久しぶり」とか学園祭でいなかった者は「初めまして」などと、待ち合わせの段階から盛り上がっていた。工学部のため普段は男性ばかりで活動しているため、久未さんがいると皆がいつもと違うのが可笑しかった。

部としては久未さんに対応するのはこの日だけと決められていたが、部の皆に知られることなく、自分は久未さんと個人的な関係がしばらく続いた。

＊

椙山がジャスミン茶割りを飲み終わったところで、この日の独演会の幕は閉じた。独演会のテーマ「自分の半生」の学生時代までのエピソードが終わってしまったが、椙山は淡い思い出に浸ることができて上機嫌で酔っていた。

「スギちゃん、学生時代までの中で一番に心に残っている女の子は誰かな」

「皆と言いたいけど、百合恵さんかな。百合恵さんとは高校も一緒になったけど、三年間同じクラスになれなかったよ。三年の秋に一度、廊下ですれ違って、百合恵さんに話し掛けられそうなタイミングがあったけど、話せずに終わってしまってね。あのときのことは今でもハッキリと覚えているよ。結局、同じクラスになれたのは、最初に出会った小学校四年の一年間だけだったね」

「スギさん、百合恵さんがどんな方か気になります。写真があれば見てみたいです」

「いい写真があれば持ってくるね。ついでに自分の小中高の頃の写真も持ってきて、見てもらうことにするよ」

「スギさん、楽しみにしています」

「スギちゃん、今日もありがとう」

　碧と薫に見送られて〈深雪〉を出ると、秋の夜長、心地よい風が椙山の頬を撫でてきた。

第四章　愛恋

一

秋が深まった十一月中旬、墓の改修が完了したことの連絡があり、椙山は両親と共にお寺に出向いた。本堂の右隣にある庫裏に立ち寄り、住職の奥様に挨拶した。

本堂に上がり参拝した後、住職と石材店の担当者と内陣の裏手に回ると、骨壺が三口保管されてあった。閉眼供養を行い、古い墓石を退避してから地面を慎重に掘り起こすと、父親の記憶どおりに三口の骨壺が埋葬されていたのである。骨壺を持って墓地まで行くと、綺麗で立派な墓が建てられていた。古い墓石は戻され隅に揃えて設置していた。開眼供養を行い、三口の骨壺をカロートに安置すると、一連の儀式を無事に執り行うことができた。

住職、石材店の担当者、両親は先に本堂まで戻り、両親にタクシーを呼んでもらうことにして、椙山はそれまでの間、墓を見ていた。墓石の裏側に回ると、施主として自分の名前が彫られていて、五十歳を前によい先祖供養をできたのが誇らしかった。秋天一碧(しゅうてんいっぺき)の空と蘭薫桂馥(らんくんけいふく)の空気に包まれ、正面に戻り最後に手を合わせて帰ろうとしたときだった。建てられたばかりの墓石と墓誌を見ていると、家名にある「山」と祖母の名にある「子」の二文字が浮かび上がってきた。

（数カ月前からモヤモヤして気になっている思いは一体何だろう）

ハッキリさせたい気持ちがわき起こった。

その日の夜、〈深雪〉の入口まで来た椙山だったが、店内からカラオケの歌声や笑い声が聞こえ、かなり盛り上がっている様子が伝わってきた。またの機会にしようと帰りかけたときドアが開き、聞きなれない女性の声で呼び掛けられた。店で飲む気分は失せていたので、そのまま帰ろうとすると別の女性の声で引き留められた。

「スギさん、いらっしゃいませ」

薫の声だった。椙山は振り向いて薫に答えた。

「今日は混んでいるみたいだね。またの機会にしたほうがいいかな」

「大丈夫ですよ。寄っていってください」

椙山は気を取り直し、薫に手招きされて店に入った。店に入るとバックヤードから出てきた碧が椙山に声を掛けた。

「スギちゃん、いらっしゃいませ」

椙山はいつもの席に座った。カウンターのドア寄りの席は落ち着かないのか、この日も空いていた。初めて来たときに座って以来、気軽に飲める感覚があるので気に入っている席である。

薫が酒を作ってくれて飲み始めると店内の様子が分かってきた。入口左側のテーブル席に薫がつき、奥のテーブル席には碧がついていた。カウンター奥では二人連れの客が飲んでいて、この日、椙山に最初に声を掛けた女性が接客していた。

薫が酒を作ってくれているときに聞くと、その女性は体験入店二日目の女性で、ドア付近に用意しているおしぼりを取ってくるタイミングで、ドアの曇りガラス越しに映る人影に気付いたようである。

碧と薫はそれぞれのグループ客の話に合わせながら場を盛り上げていた。しかし椙山の酒が減ってくると、薫が気付いてくれて接客の合間を見て酒を作ってくれた。碧もまた、一人カウンター席で飲んでいる椙山へ声を掛ける配慮を欠かさなかった。椙山は二人の目配り、気配りの接客に感心した。

薫が接客していたグループ客が帰ると、薫はテーブルの上を片付けてから椙山についてくれた。一緒に飲み始めると椙山は薫に質問した。

「薫ちゃんはどこに住んでいるのかな?」

「今は厚木に住んでいます」

「今ということは出身は別の所かな?」

「はい、神戸の出身です」

「……年齢を聞いても平気かな?」

「大丈夫ですよ。今年四十歳になりました」

「小夜子さん……」

椙山は無意識で小夜子の名が出た。薫の持つ雰囲気と質問に対する答えで、小夜子の姿が椙山の脳裏に浮かび、薫に重なった。

「名前、あっいや、苗字を聞いていいかな?」

「はい、葛西(かさい)です。葛西薫です」

「………」

小夜子の姿が浮かんでは消えた。

椙山は薫に最後の質問をした。

「根山小夜子さんという名に心当たりあるかな? 年齢は薫ちゃんより二十歳年上で、今年六十歳になる女性だけど」

「今日のスギさん、いつもと雰囲気が違いますね。えっと、もう一度お名前教えてください」

「うん、根山小夜子さん」

「根山小夜子さん……覚えはないです。ごめんなさい」

「いいえ、薫ちゃんが謝ることないよ。急に変なことを聞いてごめんね」

小説や映画のように都合よく小夜子にたどり着くはずはなかった。

薫への質問が終わったのと同じタイミングで、体験入店の女性の勤務時間が終了となったようで、碧が彼女と話していた。薫は、カウンターをそのまま横に移動して、カウンター奥の二人連れの接客に移った。テーブル席のグループ客は、碧が彼女と話し終えるのを待てず、急かすように碧に声を掛けていた。碧は彼女に「お疲れ様」と言うと息つく暇もなく接客に戻った。

碧が戻るとグループ客は再び盛り上がっていたが、しばらくすると帰り支度を始めた。碧はグループ客を見送ると、椙山に「少し待ってて」と声を掛けた。そしてテーブルの上を片付けてバックヤードでの事務作業をこなしてから、椙山についた。

椙山は碧にも先ほどと同じ質問をした。

「碧ちゃんはどこに住んでいるのかな？」

「生まれたときからずっと伊勢原に住んでいるよ」

「……年齢を聞いても平気かな？」

「今年四十歳になりました」

「千華子さん……」

椙山の脳裏に千華子が思い浮かび、その姿は碧に重なった。

「苗字を聞いていいかな？」

「はい、岡田（おかだ）です。岡田碧です」

「…………」

薫のときもそうであったが、よくよく考えてみれば、苗字だけで当人を知る直接の手がかりを得られるわけではない。

椙山は碧にも最後の質問をした。

「森山千華子さん、知っているかな？　年齢は碧ちゃんより二十歳年上で、今年六十歳になる女性だけど」

「スギちゃん、薫ちゃんにも同じようなこと聞いていたね」

碧は接客をしながら店内全体に気を配っていて、もちろん椙山と薫とのやりとりも耳に入っていたのである。

「森山千華子さんって方に面識はないかな。ごめんね」

「いやいや。自分こそ、急に変なことを聞いてごめんね」

小夜子と同じように千華子にもたどり着くことはなかった。椙山は茫茫（ぼうぼう）たる気持ちになっていた。

カウンター奥の二人連れの客が、薫に見送られて帰っていった。潮が引くように他の客が立て続けに帰ると、気が付くと店内は椙山一人になっていた。店の閉店時間になったのかと椙山は碧に確認すると、時間はまだあるようだったので、碧と薫と一緒に飲むことにした。

椙山は碧と薫に対して、いきなりプライベートのことや見も知らぬ女性のことを質問したことを改めて謝った。二人はプライベートのことは特に気にする様子はなかったが、女性のことには訝る表情であることが目に見て取れた。

「根山小夜子さんってどういう方か教えてほしいです」

「私のときは森山千華子さんだったよ。どういう方か知りたいな」

薫から小夜子の名が、碧から千華子の名が出ると、椙山はそれぞれの組み合わせで人物像が重なったことを二人に明かした。二人は困惑した表情を浮かべたが、椙山は二十年前を懐かしむようにして語り出した。

*

二人は二十年前にお世話になった方々で、小夜子さんは小料理・割烹〈風月〉

を営んでいたママで、千華子さんは前に勤めていた会社で上司、部長だった。

小夜子さんと初めて会ったのは二十六か二十七歳のときで、酒を飲むときは居酒屋が定番だったのを、自分に合う、ちょっと大人びた店を見つけようと思っていた頃だった。開店祝いのスタンド花が並んでいる店の前を通りかかり、入ってみたのが〈風月〉で、通うにつれてママの小夜子さんの、愛嬌のある女性のときおり見せる憂いの表情に魅せられていった。

千華子さんとの出会いは入社して三カ月経った頃の最初の配属で、そのときは課長だった千華子さんのチームに入った。配属当初から親切に指導してもらい、部長に昇進してからもずっと気にかけてもらっていた。仕事には厳しいが優しく華やかで、憧れの女性だった。

＊

いつの間にか店内に流れる曲の音量が下がっていた。碧が調整していたようである。落ち着いた雰囲気になった店内に製氷機の氷を作る音が響くと、薫は椙山のグラスに氷を足して焼酎の水割りを作ってくれた。碧と薫の目は話の続きを待っているようで、椙山は一口飲むと話を続けた。

*

出張先でのトラブルが端緒となり男女の関係にもなった。

小夜子さんは物腰柔らかい〈風月〉での振舞いとは違い、大胆で積極的だった。掌にほどよく収まる胸は発色がよく、目合えば樹陰のごとく濃い茂みが露になり、艶めかしい姿態は激しく乱れることもあった。

千華子さんは職場の颯爽とした雰囲気ではなく、恥じらい控えめであった。肌の色は薄く触れると体毛を感じさせない肌は繊細で、丁寧に優しく抱くとしなやかにうねるようであった。

＊

碧と薫が赤面しながら聞いていることに気付いた椙山が話を止め、気恥ずかしさを隠すように焼酎の水割りの残りを一気に飲み話を終わりにした。

「スギさん、ごちそうさまでした。小夜子さんと千華子さんの写真はありますか？どういう方か見てみたいです」

「スギちゃん、ありがとうございました。私たち、そんな素敵なお二人に似ているのかな。気になるよ」

「今度、写真を持ってくるね」

二人に見送られて椙山は〈深雪〉をあとにした。

二

年が明けると椙山は五十歳になった。何かを達成したとか、社会に貢献してきたなど、胸を張って言えることはないが、大過なく人生を送れただけで十分恵まれているのだろうと、椙山はこれまでのすべての縁に感謝した。とりわけ、四十九歳から五十歳になるとき、漠然とした不安があったにもかかわらず、心身共に拍子抜けするぐらいに五十歳を迎えられたのは、暢気（のんき）に過ごしたいとき相手をしてくれた、碧と薫の存在が大きかったと椙山は思っている。

五十歳になって最初の〈深雪〉に行く日は開店時間に合わせて行くつもりで家を出ると、外は雪が舞い始めていた。二人からの風情ある艾年（がいねん）祝いを貰った気分になった。

店に入り二人と乾杯すると、碧からガラス細工や陶器の酒器一式が贈られ、その様子を薫が写真に撮ってくれた。

「……似ている」

椙山は再び、千華子と小夜子が思い浮かんだ。椙山は思い出したようにカバンから二枚のツーショット写真を取り出し、薫には小夜子、碧には千華子が写っている写真を手渡した。

「スギさんと小夜子さんですか？　スギさん、デレデレしていますね」

「こちらが千華子さんだね。スギちゃん、嬉しそうだね」

椙山は二人に写真を見てもらいながら、小夜子のことから話し始めた。

「自分が三十歳になった三月に小夜子さんは〈風月〉を閉めてね。お店を閉めた後は趣味の写真を続けたいと言っていて、風の便りで小夜子さんの地元の神戸に戻ったと聞いたよ。当時、定期的に神戸に出張に行く機会があってね。会えるのではと淡い期待を持ったけど、実際にはそんなにうまくいかなかったね」

「小夜子さんは神戸の方で、スギさんも神戸に縁があったんですね」

「この前、薫ちゃんから神戸出身と聞いて、しかも薫ちゃんは写真が好きだから、小夜子さんに似ているなと思ったよ」

「何か、予感めいたものがあったんですか？」

「実を言うと、薫ちゃんとお店で初めて会ったときから、気になる部分があってね」

「そうだったんですね」

「〈風月〉での最後、小夜子さんに『また会えるわよ』と約束してもらったから、いつか実現すると思っているよ」

「スギさん、ロマンティストですね」

椙山は小夜子と薫は可愛らしく、千華子と碧は綺麗と、それぞれ似た雰囲気があると感じていて、二人にもそう言ったが当人は似ているような感じはしないらしい。

今度は写真を交換して、相手のほうを見てもらいながら、千華子の話を続けた。

「千華子さんも自分が三十歳の三月に変化があって、会社を退職してね。千華子さんはずっと興味を持っていたガラス細工や陶器を作ってみたいと話していてね。千華子さんのことは諦めきれなくて、退職された翌日に思い切って告白したよ。一年間交際を続けて結婚を考えたけど、千華子さんはずっと年齢差を気にしていて、『私じゃない、よい相手を見つけなさい』と受け入れてもらえなくてね。結局、別れることになったよ」

「それでも想いを貫こうとはしなかったの?」

「千華子さんに迷惑かけたらいけないと思ってしまったかな。まあ、勇気がなく、臆病なだけだったかもね」

「スギちゃんはリアリストでもあるんだね」

「千華子さんは伊勢原に住んでいたし、さっき贈り物を貰ったとき、嗜好も同じで驚いたよ」

「千華子さんと私も似ているんだね」

「お店の前を通りかかって初めて碧ちゃんを見たとき、やっぱり感じることがあったよ」

懐かしさを引き出してくれた碧と薫のことも思い出に加えたくて、椙山はそれぞれのツーショット写真を撮らせてもらうと、千華子と小夜子のツーショット写真にまつわるエピソードを二人に話した。

「千華子さんが大晦日にコンサートに行ったときの写真を職場の友達に送ったら、その人は〈風月〉の年越し会に参加していて、小夜子さんとも友達であることが分かってね。その人とは自分も職場で親しくしてもらっていて、千華子さんと同じく退職されるので〈風月〉で送別会をしたんだよね。さっき見てもらったツーショット写真は、その人のおかげで撮れてね。それに大晦日の写真を見せてもらったら、千華子さんの後ろに写っている女性が、千華子さんと小夜子さん共に知人に似ているって話になってね。しかも、自分が、神戸出張のとき西神中央で見かけて気になっていた女性にも似ていてね。わがまま言って、その写真まで貰ったんだよね」

「そんな偶然があるんだね」と、碧も薫も不思議がった。

　椙山は西神中央の彼女に似た女性が写っている、その写真を取り出して見てもらいながら、この日用意してきた最後の話題を二人に振った。

「そうだ、小中高の頃の写真を持ってきたけど見てみる？」

「スギさん、覚えていてくれたんですね。百合恵さん、見てみたいです」

「スギちゃんの小学生のときのマドンナさんだね」

　椙山は二人がのってくれたのが嬉しく、百合恵とついでに自分の写真を見せた。

「百合恵さん、小中高と進んでもあまり雰囲気が変わらなくて美人さんですね。スギさんは中学生になると変わってきましたね。でも、今のスギさんは小学生の感じに戻っているように見えますね」

「スギちゃん、小学生の頃と今は顔が丸いからね。『スギまる』って呼ぶことにしようかな」

「『スギまる』……かわいらしいですね。私もスギさんでなく、スギまると呼びます」

「スギまるっていうのは、いくらお店での呼ばれ方でも、ちょっと恥ずかしいかな」

「そっかぁ、スギちゃんより、いい呼び名だと思ったんだけどね」

「スギさんが気になっていた西神中央の彼女……百合恵さんの面差しがありますね」

薫が突然そんなことを言った。

「…………」

「たしかに。スギちゃんと違って、百合恵さんは変わってないから違和感ないね。年齢を重ねたら、こんな感じがするね」

「…………」

椙山の中では二十年前の西神中央の彼女と百合恵が重なるようで重ならず、何度も写真を見返した。場を盛り上げてくれたのかと思ったが、碧と薫は真面目に百合恵の姿と重なったようである。

（女性ならではの目線なのだろうか）

この日も碧・薫と楽しく気分よく飲んだ椙山が〈深雪〉を出ると、舞っていた雪は本格的に降って積もっていた。

三

季節が進みゴールデンウィークに入ると、椙山は墓参りに来ていた。

墓を改修することを考えていたのは一年前であり、年々、月日が進むのが早くなることを感じていた。

墓参りを終えて本堂の前まで戻ると、タクシーを降りて歩いてくる同年代ぐらいの女性が目に入った。手に供花とお供え物を持っていて、これから墓参りに向かうようである。二人は近づくとお互い会釈してすれ違った。椙山は女性のことが気になり振り返ると、女性はメモを取り出して行先を確認しているようであった。また、会釈したときは気付かなかったが、供花とお供え物が多く、持ち運びに苦労しているようであった。

椙山は女性と目が合うと声を掛けた。

「何かお困りでしょうか？」

「はい、お墓の場所が分からなくて」

「そうでしたか。私でよければ一緒に探しましょうか？」

「お気遣い、ありがとうございます」

女性は持っていたメモを椙山に手渡した。

メモには門から本堂を見て、本堂の左手に広がる墓地の区画が描かれ、墓地の中央にマークが二つ記されていた。女性は申し訳なさそうな表情を浮かべ、言葉を続けた。

「こちらにお参りに来るのは初めてでして。メモを見れば分かると思ったのですが」

「墓地には標識や看板など目印になるものはありませんからね」

「そうですね。実際に来てみると迷ってしまいました」

「見せていただいたメモにはマークが二つ記されていますが」

「はい、二家のお参りに来まして」

「そうでしたか」

二人は話をしながら墓を探し歩いた。

「ありがとうございます。おかげさまでお墓が見つかりました」

女性が礼を述べると、向かい合った二つの墓の前で立ち止まった。

次の瞬間、椙山は目を疑った。それぞれ「森山家」「根山家」と家名が彫られていた。女性は椙山の表情の変化には気付かず、改めて礼を述べた。

「ご親切にありがとうございました。ようやくお参りできそうです」

「……お墓が見つかってよかったです」

相山は平静を装い返事をすると、無礼を承知で墓誌に目を向けた。そこには、千華子や小夜子の名前はなく、相山は胸を撫で下ろした。

「それでは、これで……」

女性の顔を見て別れの挨拶をしたときだった。突然、高校三年の秋の廊下のシーンが甦った。

（このまま立ち去るか、言うべきか……。人違いであったら詫びればよい）

決断した。

「嶋尾さんですか？」

「えっ⁉」

女性はすぐには答えなかった。答えられなかったのだろう。相山はもう一度尋ねた。

「嶋尾百合恵さんですか？」

女性はようやく質問の意図が掴めたようで答えた。

「はい、嶋尾です。嶋尾百合恵です」

「突然にすみません。椙山です。小中高で一緒だった椙山安道です」

「椙山くん⁉　本当に安道くんなの？」

女性はまだ本人であるか、半信半疑のようであった。

椙山は思い出し、バッグの中に入れたままの小中高の頃の自分の写真を取り出して女性に渡して見せた。年明けに〈深雪〉に持って行った写真をそれ以来持ち歩いていたのである。椙山はそんな写真を持ち歩いていたら、かえって不審に思われるということまで気が回らなかった。

しかし女性は写真の顔と目の前にいる椙山とを照らし合わせ、ようやく顔がほころんだ。

「安道くん、変わらないね」

「百合恵ちゃん、会いたかったよ」

四十年の時を経て二人の出会いはループした。

百合恵の墓参りの邪魔をしてはいけないと、椙山は一旦、その場を離れることにした。お寺の客間に上がらせてもらい話の続きをすることを、百合恵は受け入れてくれた。

庫裏に立ち寄り、お寺の奥様に事情を伝えると、快く客間に通してくれて、お茶とお茶菓子まで用意してくれた。

しばらくすると墓参りを終えた百合恵が客間に通されてきた。お茶をいただきながら、椙山は小学四年の出会いから百合恵のことを思っていたと告白した。百合恵は微笑みながら聞いてくれ、同じ想いを持っていたことを明かした。

小田原から厚木に戻ってきても二人の話は尽きず、食事を一緒にすることにした。

食事を終えると、百合恵との縁をつないでくれる思い出話につき合ってくれた碧と薫に会いに、〈深雪〉に寄ることにした。百合恵も興味があるとついてきてくれた。

店の前に着くと、いつもと違う様子だった。看板は外され、閉められたシャッターに「テナント募集」の広告が掲示されていた。

椙山は碧と薫の二人とも連絡先の交換はしておらず、どういったことなのか、確認する術はなかった。

百合恵に「残念だけどしょうがないわね」となぐさめられながら、その日はお互いの連絡先を交換し帰ることにした。

二人はその後、今までの日々を取り戻すように、二人の日々を重ねた。

そしてある夕食後、二人は近くの公園のベンチに並んで座り酔いをさましていた。

椙山は百合恵の膝の上に置かれた手を握り、もう片方の腕で百合恵の肩を抱いた。二人は見つめ合い、顔を近づけると唇を重ねた。

小学生の子供の頃から叶わなかった願いは千年もの間、深く積もった雪のようであったがそれも今は解けてなくなっていた。

碧色の空に華やかな月が浮かび、百合の薫が夜風に運ばれてくると、これからの人生も恵まれることを予感させた。

完

著者プロフィール

美玲 亜紀（みれい あき）

神奈川県出身。
大学卒業後、エンジニアのキャリアを積む。
日々の何気ない会話をヒントにフィクションの創作を楽しむ。

恋慕情愛恋 ループする淡い恋の物語

2024年３月15日　初版第１刷発行

著　者　美玲 亜紀
発行者　瓜谷 綱延
発行所　株式会社文芸社
〒160-0022　東京都新宿区新宿１－10－１
電話　03-5369-3060（代表）
03-5369-2299（販売）

印刷所　株式会社フクイン

ISBN978-4-286-25149-3